I0782232

Alia Terra

ALIA TERRA

Stories from the Dragon Realm

Basme din Tărâmul Dragonilor

Ava Kelly

illustrated by **Matthew Spencer**

Detroit, Michigan

ALIA TERRA

Stories from the Dragon Realm

Published by Atthis Arts, LLC
Detroit, Michigan
atthisarts.com

ISBN 978-1-945009-78-5

Library of Congress Control Number: 2022930904

Our special thanks to A., Vex, Delia, Constantin Tiberiu, Henry Freund, C., Minerva Cerridwen, and M.

Mulțumesc to those who contributed translations to the crowdfunding video: Tanya Nazarenko, Mags, Asya Baruch, Ether Nepenthes, Yilin Wang, Elias Bouderdaben, Minerva Cerridwen, Tessa Anouska, Anja K., Eunice Morrissey-Grahlman, Mikko Rauhala, Bogi Takács, Elias "Echo Alpha", and S.

A different kind of happiness.

O altfel de fericire.

The Dragon and the
Curse of the Glittering Tower

Dragonul și
blestemul turnului sclipitor

Once upon a time, a princess lived in a tower. Far and wide, all the land knew that a terrible, horrible curse had been cast over the tower and its lone princess, trapping her there for eternity. The construction stood tall, above the tops of trees, its purple roof glittering in sunshine and moonlight just the same.

As it was, it had caught the attention of the dragon living in the distant mountains. They spent many mornings staring out the mouth of their lair, a cup of hot tea clasped tightly in their scaled claw, watching the tower. Admiration and loathing warred within the dragon, the mere thought of being caged terrifying. The sparkling, however, like a jewel in a sea of leaves, called to them. That must've been how the princess got trapped, the dragon surmised, and they decided they'd go lift the curse. Defeat whatever had imprisoned the princess.

Feeling valiant, the dragon packed their favorite mug and box of teas before leaving the cave that had been their dwelling of late. A meager hoard, but easy to carry as the dragon traveled high and low.

Odată ca niciodată, într-un turn trăia o domniță. De-a lungul și de-a latul, toată țara vorbea de blestemul oribil, teribil, aruncat asupra turnului și domniței solitare, etern ferecată între pereții acestuia. Zidirea se înălța măreață deasupra copacilor, acoperișul său vioriu sclipind deopotrivă sub lună și sub soare.

După cum se întâmplă, curiozitatea dragonului din munții îndepărtați fu numaidecât stârnită. Multe dimineți a petrecut dumneasa mirându-se, holbat către turn din gura bârlogului său, o ceașcă de ceai încleștată în căușul ghearei solzoase. Dar încântarea dragonului se războia cu dezgustul său la gândul înfricoșător de a fi întemnițat. Licărul, însă, ca un nestemat într-o mare de frunze, era ademenitor. Neîndoit că așa căzuse domnița în capcană, chibzui dragonul, hotărându-se să dezlege blestemul. Să înfrângă farmecele ce o capturaseră pe domniță.

Simțindu-se curajos, dragonul părăsi peștera ce îi fusese sălaș în ultima vreme, împachetându-și ceașca preferată și cutiile cu ceai. Un tezaur sărac, dar ușor de transportat în timpul nenumăratelor sale călătorii.

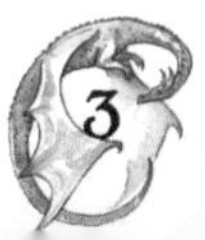

The tower had no door, nor windows close to the ground, but that wasn't an obstacle for a dragon. Flying in through the topmost balcony, the dragon found themself face to face with the princess.

Turnul nu avea nici uşi, nici ferestre aproape de pământ. Acest fapt nu era un obstacol pentru dragon, ce zbură prin balconul cel mai de sus şi numaidecât se găsi faţă în faţă cu domniţa.

"Don't tell me," she said, arms crossed and foot tapping against the floor. "You're here to kidnap me, or you're here to rescue me. Since I need neither, please go away."

The dragon didn't agree, not at first. It could've been a spell, after all, influencing the princess. Their lengthy argument ran well into the night, but with the light of dawn, the dragon felt finally satisfied that the princess was not living in the tower against her will.

They asked her, "Why?"

"Because," she said, "some curses are choices. It's a matter of perspective."

— Nu-mi spune, zise domnița cu brațele încrucișate, un picior bătând podeaua. Ai venit să mă răpești sau ai venit să mă salvezi. Din moment ce nu am nevoie de niciuna, te rog să pleci.

Dragonul nu fu de acord; nu de la început. La urma urmei, ar fi putut să fie la mijloc o vrajă ce o afecta pe domniță. Certurile lor îndelungate se întinseră peste noapte, dar odată cu lumina zorilor, dragonul ajunse, în fine, la concluzia satisfăcătoare că domnița nu trăia în turn împotriva voinței ei.

— De ce? o întrebă dragonul.

— Pentru că unele blesteme sunt alegeri. E o chestiune de perspectivă.

The dragon turned to fly off, only to run into an invisible wall.

Dragonul porni în zbor, numai pentru a fi blocat de un zid invizibil.

They were stuck inside the tower. Every morning, they'd try to leave, before giving up with a sigh. They'd have their tea up on the balcony, watching the distant mountains pink with the sunrise.

Era prins în turn. În fiecare dimineață se străduia să plece și în fiecare dimineață se dădea bătut cu un oftat. În schimb, își servea ceașca de ceai pe balcon, privind munții îndepărtați înrozindu-se cu răsăritul.

The princess wasn't keen on conversation, and neither was the dragon. The days were spent in silence, as the princess read and the dragon yearned for flight. But then, when boredom emerged victorious, the dragon turned their attention to the many books lining the walls of the suspended floors of the tower. Arranged by adventure, no less. As far as the dragon could tell, the tower was large enough on the inside to allow for their roaming, but not enough that the habitable parts reached the ground. The lowest level was surrounded by the thick canopy, providing cool shade and soothing chirping, and that was where the dragon ended up passing most of their time. With a book and a cup of tea. The stories were more interesting than talking to the princess, anyway.

Nici dragonul, nici domnița nu erau împătimiți ai conversației. Zilele lor treceau în tăcere, domnița citind, iar dragonul tânjind după zbor. După o vreme, însă, plictisul învinse și dragonul își întoarse atenția către duiumul de cărți ce acoperea pereții etajelor suspendate ale turnului. Ordonate după aventură, ca să vezi. Din ce putea dragonul să-și dea seama, turnul era îndeajuns de încăpător pe dinăuntru ca să permită peregrinările sale, însă nu așa de mare încât părțile locuibile să atingă pământul. Nivelul cel mai de jos, înconjurat de coroanele stufoase ale copacilor, cu umbră răcoroasă și ciripit liniștitor, devenise locul unde dragonul găsea de cuviință să își petreacă majoritatea timpului. Cu o carte și o ceașcă de ceai. Poveștile erau oricum mai interesante decât discuțiile cu domnița.

Slowly but steadily, the dragon found themself more and more relaxed. There, in the glittering tower, no scorn was thrown their way for not having a proper hoard. No knights came rushing in to earn fame by liberating riches. The walls didn't become suffocating after a while, unlike the many caves the dragon had lived in before. Most importantly, no one pressured them to find a mate, spawn hatchlings, build a nest. It would've been, if not for the curse, perfect.

Încetul cu încetul, dragonul ajunse din ce în ce mai tihnit. În turnul sclipitor, nu exista dispreț pentru tezaurul său sărăcăcios. Nu dădeau buzna nici cavaleri vânători de faimă și bogății. Iar spre deosebire de numeroasele peșteri în care trăise dragonul, pereții nu deveneau apăsători după o vreme. Cel mai important, însă, era că aici nimeni nu presa dragonul să își găsească un partener, să aibă pui, să construiască un cuib. Fără blestem, ar fi fost o viață perfectă.

"Books! Books for sale!"

At the sounds of the voice from below, the princess ran to the balcony. "The merchant is back," she said, glee in her voice. "Come on, let's see what's new." And then—

She jumped over the railing.

The dragon felt their heart stop at the sight and, without a second thought, dove after her. The princess, however, landed smoothly on the grass, waving at the visitor.

– Cărți! Cărți de vânzare!

Cum auzi vocea de afară, domnița dădu fuga pe balcon.

– S-a întors negustoreasa, zise ea cu veselie. Hai să vedem ce e nou.

Și apoi—

Sări peste balustradă.

Dragonului i se opri inima în piept, și fără să se gândească, se aruncă după ea. Domnița, însă, ateriză lin pe iarbă și-i făcu semn vizitatoarei.

Bewildered at being outside the tower, the dragon barely managed to pick up one book before the cart squeaked off into the forest.

Buimăcit de a se găsi afară din turn, dragonul abia reuși să pună gheara pe o carte până ce căruța se îndepărtă scârțâind printre copaci.

Back in the tower, the princess patted their claw. "Don't worry, you can buy more next time."

The dragon froze. *Next time* meant they'd still be there. It meant they'd choose to remain, now that they were no longer trapped. It was a wholly appealing thought.

"Did we break the curse?" they asked.

"No," said the princess. "The curse was yours alone. Now that you've accepted yourself, you're free."

"I see."

— Nu-ți face griji, zise domnița după ce reveniră în turn, poți să cumperi mai multe data viitoare.

Dragonul încremeni. *Data viitoare* însemna că ar fi tot acolo. Însemna că ar alege să rămână, acum că nu mai era captiv. Și asta era o idee întru totul ademenitoare.

— Am dezlegat cumva blestemul? întrebă dragonul.

— Nu. Blestemul a fost numai al tău. Acum că te-ai acceptat pe tine însuți, ești liber.

— Înțeleg.

They'd accepted, the dragon realized, that they didn't have to feel guilty for living their life to their liking. That they wanted different things. That a box of teas, a silent companion, and stories were better a hoard than other riches. That nests and hatchlings were other dragons' purpose, simply not theirs.

"Um, I can stay, right?"

The princess smiled, and turned on the kettle. "Of course."

With a smile of their own, the dragon made their way to their pillow pile and leaned back with the new book. Perhaps they'd go for a flight later, round the forest and then back to their glittering home.

Dumneasa înțelesese și acceptase că nu trebuie să simtă vreo vină pentru viața trăită după propriul plac. Că dragonul dorea alte lucruri față de restul. Că o cutie de ceaiuri, un tovarăș tăcut și o multitudine de povești erau un tezaur mai prețios decât alte bogății. Că pui și cuiburi erau țelul altor dragoni, nu al său.

– Ăă, pot să rămân, nu?

– Bine-nțeles, zise domnița cu un zâmbet și puse ceainicul la încălzit.

La rândul său cu un surâs, dragonul se întinse pe maldărul său de perne cu o carte. Poate mai târziu se va plimba într-un zbor, în jurul pădurii și acasă, înapoi la turnul sclipitor.

The Dragon
at the Bottom of the Sea

Dragonul
din străfundul mării

Once upon a time, there lived a dragon enamored with flying. She soared the skies, zipping through the fluffiest of clouds, over the dark stormy ones, and under the brilliant rays of both the sun and the moon. So often was the dragon seen above, that people had started asking for her help in getting places. The dragon was happy to fly, so why not indulge in conversation with the occasional passenger?

Ever since that first request from a hurried woman fetching medicine for her village, word had traveled the land. Everyone knew of the benevolent dragon answering calls at all hours of day and night. The dragon's flying became the most sought portage.

Odată ca niciodată trăia un dragon îndrăgostită de zbor. Cu avânt înflăcărat, se înălța ea către ceruri, gonind printre norii pufoși și peste cei întunecați de furtuni, deopotrivă alintată de razele strălucitoare ale soarelui și ale lunii. Așa des era dânsa văzută zburând, încât lumea începuse să-i caute ajutorul în drumeții. Fericirea dragonului îi era dată de zbor; de ce să nu se bucure și de convorbiri cu pasageri ocazionali?

Încă de la prima rugăminte, din partea unei femei ce ducea leacuri pentru sat, i se dusese zvonul în toată țara. Cu mic, cu mare, toți auziseră de bunăvoința dragonului care sosea zi și noapte la chemarea călătorilor. Zborul cu dragonul devenise cel mai căutat transport.

With each passing day, people came to her with boxes, and then luggage, and even crates. It was harder and harder to fly high, so the dragon kept beneath the clouds. Sometimes it rained, and sometimes the weight was too great for her tired wings, but the dragon persevered. She couldn't let down those who needed her help. The villagers on the mountains needed flour, the ones on the plains needed wood. The wizards of the forest citadel needed their magic spheres carried over treetops to be recharged by sunlight.

Zi de zi, lumea venea la ea cu pachete, apoi cu bagaje sau chiar cu lăzi întregi. Dragonului îi era din ce în ce mai greu să zboare prin înălțimi, rămânând mereu pe dedesubtul norilor. Uneori ploua, iar alteori greutatea era prea mare pentru aripile ei obosite, însă dragonul stăruia. Nu-i putea dezamăgi pe cei ce aveau nevoie de ajutorul ei. Sătenii de pe munte aveau nevoie de făină, cei din câmpie aveau nevoie de lemne. Vrăjitorii cetății din codru aveau nevoie ca globurile lor fermecate să fie purtate deasupra copacilor, reîncărcate de lumina soarelui.

One day, as the dragon struggled over the sea, carrying boulders of salt to the opposite shore, she yawned. It had been days since she'd slept, but she couldn't give up. Not when others were counting on her, not when—

A strap holding the cargo snapped over a sharp scale, and the boulder held by it rolled over the dragon's wing. She cried in pain as bone cracked. Cried again as she lost balance and plummeted into the waters beneath.

Într-o zi, pe când trudea deasupra mării, cărând bolovani de sare de pe un mal pe altul, dragonul căscă de oboseală. Trecuseră zile de când nu dormise, dar nu putea să se lase biruită. Nu când alții se bizuiau pe ea, nu când—

Deodată, una din curelele de prindere ale încărcăturii alunecă peste un solz ascuțit, sfâșiindu-se, iar bolovanul se rostogoli peste o aripă. Dragonul se văită de durerea osului rupt. Cu încă un strigăt disperat, pierzându-și echilibrul, se prăbuși în apele de dedesubt.

At the bottom of the sea, the dragon curled up in the white sand. Her wing had stopped hurting, but she knew it would never be strong enough to fly again. The water held her there, forever grounded. Such a suitable punishment for failing in her task.

The dragon mourned.

În străfundul mării, dragonul se așeză încolăcită pe nisipul alb. Aripa încetase să o mai doară, dar ea știa că nu va mai fi la fel de puternică să o ridice din nou în zbor. Apa o apăsa sub greutatea sa, etern țintuită de pământ. O pedeapsă pe măsura eșecului.

Dragonul plânse.

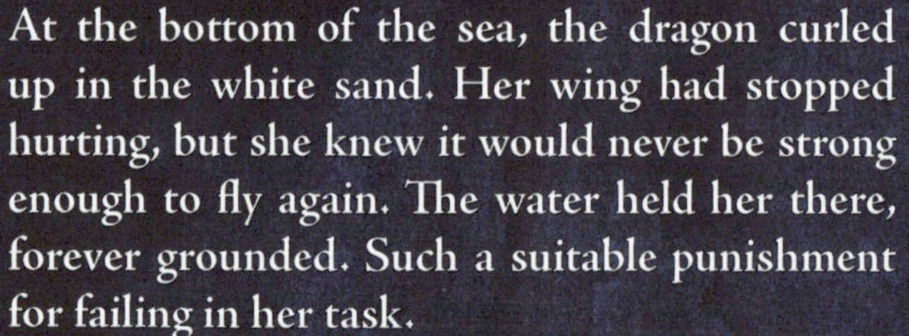

"Hey! Hey, wake up." A poke, and another, and another. "You're in my spot. Move aside."

The dragon opened an eye. Next to her a stingray flapped their fins. The dragon looked away, but the stingray flew around and started poking at her other side.

"It's rude to ignore others when they talk to you," the stingray said, smirking.

The dragon huffed, sending bubbles up into the water.

– Măi! Măi, trezeşte-te! Urmă o împunsătură, şi încă una, şi o a treia. Eşti pe locul meu. Dă-te la o parte.

Dragonul deschise un ochi. Lângă ea, o pisică de mare îşi zbătu înotătoarele. Dragonul îşi întoarse privirea, dar pisica înotă dimprejur, împungând-o din cealaltă parte.

– Nu e politicos să-i ignori pe cei ce vorbesc cu tine, zise pisica, rânjind.

Dragonul pufni, stârnind bule în apă.

"What's this?" another voice came from above, just before a striped sea snake came into view. "I must say, this is too large a prey for you."

The stingray glared at the snake and the snake smiled mildly.

The dragon sighed. "What do you want?"

– Ce avem aici? O altă voce coborî către el, și numaidecât un șarpe de mare vărgat apăru în fața lor. Auzi tu, asta e o pradă cam mare, chiar și pentru tine.

Pisica de mare aruncă șarpelui o privire înțepătoare, dar el îi zâmbi blând. Dragonul oftă.

– Ce vreți de la mine?

"It speaks!" the snake exclaimed. "Say, do you eat snakes? Or stingrays? If the former, I'd argue for the latter."

"Neither," the dragon said, as a rumble shook her stomach. It had been a while, she realized, since she'd had a proper meal.

"You two! Stop pestering her. Can't you see she's hurt?"

The dragon counted eight fluttering tentacles carrying an entanglement of green strings that, to be fair, looked quite tasty. The newcomer set the offering next to her before swimming back to a polite distance. It wouldn't do not to say thank you, or accept the food, so the dragon did just that. If she'd known it would gain her three storytelling chatterers for friends, she . . . would probably do it all over again.

– Vorbește! exclamă șarpele. Ia zi, mănânci șerpi de mare? Dar pisici? Dacă pe cea dintâi da, aș zice să o încerci, de fapt, pe cealaltă.

– Nici, nici, zise dragonul, în timp ce un ghiorăit îi zgudui stomacul. Trecuse ceva vreme, își dădu seama, de când mâncase cu adevărat.

– Voi doi! Ia lăsați-o în pace. Nu vedeți că e rănită?

Dragonul numără opt tentacule fluturătoare cărând un ghem de fire verzi ce arătau de-a dreptul delicioase. Noul-venit așeză ofranda lângă ea și înotă înapoi la o distanță politicoasă. Nu s-ar cuveni să nu zică mulțumesc, nici să refuze merindele, și recunoscătoare, acceptă. Dacă ar fi știut că așa avea să dobândească trei prieteni vorbăreți cu dragoste de povești… n-ar fi schimbat nimic.

Life at the bottom of the sea wasn't bad. Her new friends kept her company, but the water pressed from all around and the sky was so far away. Every time the dragon tried to fly—up, up, and then break through the surface—she got dragged down by an invincible weight.

How was she supposed to help people if she couldn't fly? How was she supposed to be useful?

The days felt darker, the water heavier and more suffocating, with each attempt.

The dragon was no longer a dragon, not without her flight.

Viața în străfundul mării nu era rea. Noii ei prieteni îi țineau de urât, dar apa o apăsa din toate părțile, iar cerul era așa de departe. De fiecare dată când dragonul încerca să zboare—sus, mai sus, țintind să străpungă dincolo de suprafață— era trasă înapoi de o greutate neînduplecată.

Cum putea ea să ajute lumea dacă nu putea să zboare? Cum putea să fie de folos?

Zilele păreau din ce în ce mai întunecate, apa din ce în ce mai copleșitoare, cu fiecare încercare.

Fără zbor, dragonul nu mai era dragon.

Only after much insistence—and a bribe of five different types of algae—did the dragon finally tell her story to the three sea dwellers. The stingray, the snake, and the octopus latched themselves to her neck without second thought. The dragon returned their hug with her good wing and pretended not to cry.

"You know," the snake said later, as they played by flipping empty shells at each other with their tails, "I don't have wings and yet I still swim." He squirmed and wiggled his tail, flopping through the water like the dragon used to above the clouds.

"He's right," the octopus added pensively from the side. She pushed up, rolling and unrolling her tentacles.

"Yes, the tail is a mighty thing," the stingray said. Their eternally smirking face swam up to the dragon's nose. "So maybe you can be a fishdragon."

"Yes," the other two repeated, "a fishdragon. That's right."

Numai după multe insistențe—și înduplecată de cinci feluri diferite de alge—își istorisi dragonul pățaniile celor trei ființe marine. Îndată, pisica de mare, șarpele și caracatița se agățară de gâtul ei. Cu aripa sănătoasă, dragonul îi îmbrățisă la rândul ei, ascunzându-și lacrimile.

– Știi ce, zise șarpele mai târziu în timp ce se jucau, azvârlind scoici cu cozile de la unii la alții, eu nu am aripi și totuși înot. Rostogolindu-se, el își agită coada, alunecând prin apă așa cum dragonul zburase deasupra norilor.

– Are dreptate, adăugă caracatița, ce căzuse pe gânduri lângă ei. Înfășurând și desfășurându-și tentaculele, ea înotă deasupra lor.

– Așa e, coada este un lucru formidabil, zise pisica de mare. Fața sa etern zâmbăreață pluti până la nasul dragonului. Deci poate ar fi posibil să fii un dragon-pește.

– Da, ceilalți repetară. Un dragon-pește. Așa e.

The dragon considered this. She even wiggled her tail, curled and uncurled, flopped left to right, and—

Oh. She was swimming. It took a little flop of her good wing, too, for steering, but she wasn't tied to the sandy floor anymore. For the first time in a long while, she grinned.

Swimming wasn't the same as flying. It was slower, and not as easy. The dragon had to practice over and over to get the tail movements right, but her friends were always there, reminding her of patience, encouraging her to try again. And again.

At the bottom of the sea, there lived a fishdragon. It wasn't the life she had set out to have, but it was her life and she intended to enjoy it, day after day, the good ones and the bad alike. She didn't need to be useful, or to serve others, to exist. All she wanted were her friends, the sea with its white sand, and the comforting weight of water, enveloping her from all sides.

Dragonul judecă, adâncită în gânduri. Își ondulă coada, o zbătu de la dreapta la stânga, până când—

Ah. Dragonul înota. Trebui să fluture un pic și aripa ei cea bună, pentru direcție, dar nu mai era legată de nisip. Pentru prima dată, după foarte mult timp, dragonul zâmbi.

Înotul nu era la fel ca zborul. Mai încet, și nu așa de ușor. Dragonul trebui să încerce în nenumărate rânduri până să-i reușească mișcările cozii, dar prietenii ei erau mereu lângă ea, amintindu-i să aibă răbdare și încurajând-o să încerce din nou. Și din nou.

În străfundul mării trăia un dragon-pește. Nu era viața ce o dorise, dar era viața ei, de care ea era hotărâtă să se bucure, zi după zi, cu bune și cu rele. Nu avea nevoie să fie de folos, sau să slujească altora, ca să existe. Tot ce dorea erau prietenii ei, marea cu nisipul alb și greutatea alinătoare a apei, îmbrățișând-o de jur împrejur.

The Dragon, the Princess,
and the Knight

Dragonul,
domnița și cavalerul

Once upon a time, there lived a mage. To access the grand tome of knowledge, they had to complete three tasks set forth by the ancestors' ancestors, which, if you asked the mage, were quite silly—join a knight's quest, befriend a dragon, and seduce a princess. What if one wanted to seduce a knight, the mage had asked, long ago, as they studied the arts. But no answer had come, other than, "That's how it's done."

The mage would have skipped the whole mess if it weren't for the tome. The spells in there would help them with their shyness—nay, *terror*—when interacting with others. But then, to get there, it was required of them to *talk* to not one, but three creatures.

So it was probably their lucky day when, in the tavern on the road out of the city, the mage saw a knight. Swordless, inquiring of mountain passes and blacksmiths. Carefully, the mage slipped closer, listening in, and discovered the knight was on a quest to find a curse-lifting freshwater spring. With a self-satisfied stroke of brilliance, the mage rushed ahead and turned themself into a sword, right on the knight's path.

Odată ca niciodată trăia un mag. Ca să citească marele tom al cunoașterii, magul trebuia să îndeplinească trei sarcini întocmite de strămoșii strămoșilor, care, dacă ar fi după mag, erau chiar prostești—să se alăture unui cavaler în aventură, să câștige prietenia unui dragon și să seducă o domniță. Pe când studiase artele magice, magul întrebase: ce-ar fi fost dacă cineva, de pildă, ar fi vrut să seducă un cavaler? Însă răspunsul primit fusese mereu că "Așa se face."

Magul ar fi evitat toată mizeria sarcinilor dacă nu ar fi avut nevoie de tom. Vrăjile din acesta ar fi domolit timiditatea—nu, *teroarea*—sa când interacționa cu lumea. Dar ca să ajungă la tom, trebuia ca dumneasa să *vorbească* nu doar cu una, ci cu trei creaturi.

Așa că era probabil ziua sa norocoasă când, în taverna de la ieșirea din oraș, magul dădu peste un cavaler fără sabie ce întreba-mprejur de trecători și fauri. Cu mare grijă, magul se strecură mai aproape să asculte și află de aventura cavalerului, care căuta un izvor tămăduitor de blesteme. Cuprins de o inspirație genială, mulțumit de sine, magul se repezi pe drum înainte și se transformă într-o sabie, așezându-se în calea cavalerului.

With the knight having picked the swordmage up, one third of the gruesome challenges had been completed.

The knight made camp soon after dark, had a meal under the thick forest canopy, and then didn't go to sleep. He sighed as he watched the fire crackle in the dark. Again, and again, and—

The mage had seen many peculiarities in their time, so it shouldn't have surprised them when the knight turned into a dragon.

Când cavalerul ridică sabia-mag, una din sarcinile odioase fu îndeplinită.

Cavalerul făcu popas la scurt timp după apus, luă cina sub frunzișul bogat al pădurii și nu se întinse la somn. În schimb, oftă la lumina focului ce trosnea în întuneric. Din nou și din nou și—

Magul văzuse multe ciudățenii la viața sa, așa că nu ar fi trebuit să fie surprins când cavalerul se transformă într-un dragon.

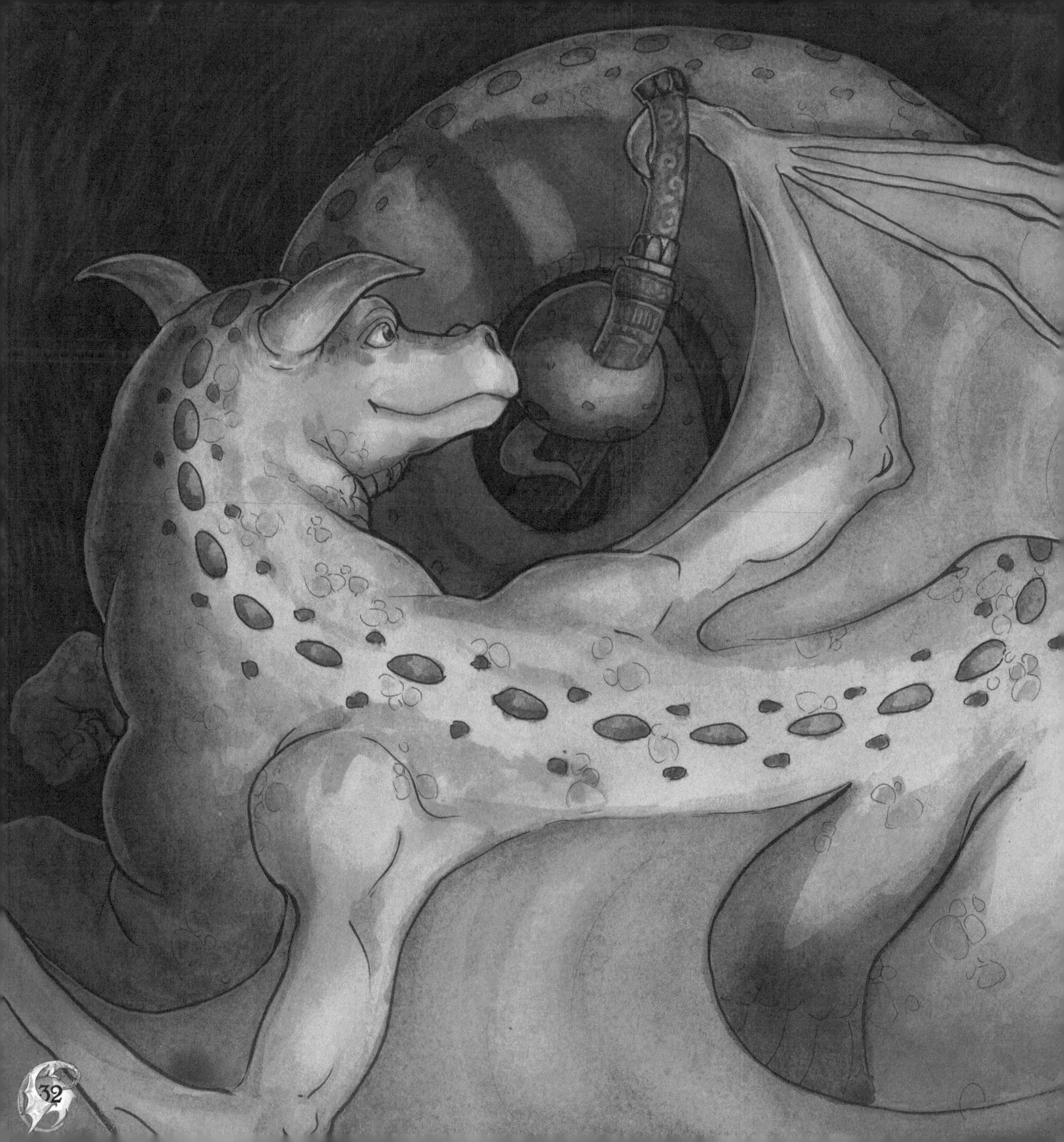

"What do we have here," the dragon said, poking at the swordmage.

Zir magic sung and entwined with the mage's own, revealing the curse their travel companions were under.

"Shiny in so many ways," continued the dragon.

Instead of picking them up, or insisting the mage show themself, ze curled up around the sword. Closed zir eyes and slept, leaving a speechless—pun intended—mage to ponder.

Perhaps the second task would not be so difficult, after all, they reckoned, and increased the gleam of their blade.

– Oare ce avem aici, zise dragonul, ciocănind sabia-mag cu o gheară.

Magia za cântă și se împleti cu cea a magului, dezvăluind blestemul sub care se aflau tovarășii zăi de drum.

– Strălucitor în așa multe feluri, continuă dragonul.

Însă în loc să ridice sabia-mag sau să insiste ca magul să se arate, dragonul se încolăci în jurul acesteia. Își închise ochii și adormi, lăsând magul fără cuvinte—la propriu și la figurat—să cugete.

Poate că a doua sarcină nu ar fi deloc dificilă, până la urmă, chibzui magul, și spori sclipirea lamei sale.

Morning came and the swordmage woke buried under soft silks and hair. Lots and lots of hair. A hand picked them up, then, and they came face to face with what might be a princess. The whole attire looked that way, though one could judge a princess by the robes no more than one could determine a cat's intentions by the fur.

"Oh, how pretty and sharp!"

Dimineața, sabia-mag se trezi acoperită de mătăsuri moi și păr. Foarte mult păr. Nu trecu mult și sabia fu ridicată până în fața a ceea ce părea a fi o domniță. Veșmintele îi erau de așa natură, deși domnițele pot fi cunoscute după haine la fel cum intențiile pisicilor pot fi judecate după blăniță.

– Vai, ce draguță și ascuțită!

By midday, the princess—because she was one—had mock-fought eight trees, told seven stories, and baked two loaves of bread. She was the most talkative person the mage had ever encountered, but she didn't seem to want answers back, although she did ask the swordmage questions at times.

The mystery revealed itself when, early afternoon, the princess twirled and in her place stood the knight.

A curse onto one, the mage questioned silently, or three sharing the burden? Sadly, the knight had no magic and thus no reply came.

Până la amiază, domnița—pentru că într-adevăr era una—se luptase cu opt copaci, povestise șapte basme și copsese două pâini. Era cea mai vorbăreață persoană pe care magul o întâlnise vreodată, dar nu părea să dorească răspunsuri, deși, pe alocuri, îi punea întrebări sabiei-mag.

Misterul fu în final rezolvat când, după-amiaza devreme, cu o piruetă, cavalerul apăru în locul domniței.

O fi un blestem asupra unei singure creaturi, se întrebă magul, ori or fi trei ce împart povara? Din păcate, cavalerul nu era magic și nu răspunse.

Life on the road was excellent with their new companions. In no time at all, the mage figured the knight liked having a sword because it scared others off—a sentiment direly shared. He kept the sword shiny and clean, tucked safely in the warmth of his leather sheath.

The dragon adored shiny things, and the mage never felt more cherished, especially since the dragon never expected conversation. Cuddles were more to zir liking. Besides, the mage was sure the dragon knew the true nature of the sword, but hadn't said anything. It made them feel welcome. And when, one day, the dragon called them *friend*, the second task had been accomplished.

Viața pe drum era excelentă în noua sa companie. Numaidecât, magul deduse că plăcerea cavalerului era de a avea o sabie doar ca mijloc de intimidare— un sentiment împărtășit cu aplomb. Așadar, cavalerul ținea sabia lustruită și curată, adăpostită în căldura tecii lui de piele.

Dragonul adora lucrurile strălucitoare, iar magul nu simțise până atunci o mai mare prețuire, mai ales că dragonul nu se aștepta niciodată la conversații. Îi erau mai pe plac îmbrățișările. De altfel, magul era convins că dragonul știa natura sa, dar nu zisese nimic. Sabia-mag se simțea binevenită. Când, într-o zi, dragonul îi numise *prieteni*, a doua sarcină fu îndeplinită.

With the princess, it was action all day. Training and slicing and listening to stories. She was a storm wrapping around from all sides, filling the swordmage's world with her jubilant spirit. Still, she never waited for answers. Never demanded anything.

It was the worst thing that the third task required seduction. Wouldn't friendship be enough?

Cu domnița avea parte de acțiune toată ziua. Antrenamente și spintecări și povești ascultate. Ea era ca o furtună înaintând din toate direcțiile, învelind lumea sabiei-mag cu spiritul ei vesel. Cu toate acestea, domnița nu se aștepta niciodată la răspunsuri. Nu cerea niciodată nimic.

Era, astfel, oribil că a treia sarcină cerea seducție. N-ar fi fost prietenia îndeajuns?

❦❦❦

Their party of cursed creatures and shiny sword reached the spring on top of the mountain after a long journey. They got lost along the way, had to start over twice, evaded many perils, but they made it to their destination. The mage felt rather sad.

Ceata lor de creaturi blestemate și sabie lucioasă sosi la izvorul din vârful muntelui după o călătorie îndelungată. Pe drum se pierduseră, reîncepuseră drumeția de două ori, trecuseră prin primejdii, dar în final ajunseseră la destinație. Magul se simțea întristat.

At least until, suddenly, the spring burst into a column of water while the princess had her back turned, like a transparent serpent bent on maiming unsuspecting travelers.

The swordmage jumped out of the princess' hand, hovering between her and the water.

"Hmm," said the spring, tilting left and right, its magic buzzing through the mage's own. "I guess I *could* give you the water, if you fix my chess table."

The water tendril pointed to the side, where a cracked chess set was laid onto a tree stump. An easy request.

Cel puțin până când izvorul țâșni într-o coloană de apă în spatele domniței, ca un șarpe transparent, ațintit să mutileze orice călător neștiutor.

Sabia-mag sări din mâna domniței și se înălță între ea și apă.

– Hm, spuse izvorul, înclinându-se la dreapta și la stânga, magia sa zumzăind prin cea a magului. Să zicem că aș *putea* să-ți dau o gură de apă, dacă îmi repari tabla de șah.

Curpenul de apă arătă într-o parte, unde un set de șah crăpat era așezat pe un butuc. O cerință ușoară.

"Sword!" the princess said as the spring returned to its course, a jug left on the banks. "You're magic! And you got us the water!"

She picked them up, held them high in the air.

"Love you so much! Thank you!"

And—

Oh.

Perhaps the task simply meant love. Affection. Perhaps someone had mistranslated the ancient words. Perhaps the tasks were malleable for each mage, suiting them differently in their quest for fulfillment. In any case, the mage felt their power grow, spreading wider than before.

They waited until the princess drank the water, watched as the knight and the dragon popped into the world, before turning away.

– Sabie! strigă domnița după ce izvorul depuse o carafă pe mal și se întoarse în locașul său. Ești fermecată! Și ne-ai căpătat apa!

Ea ridică sabia-mag în aer, ținând-o sus de tot.

– Ce te iubesc! Mulțumesc!

Și apoi—

Ah.

Poate că a treia sarcină însemna iubire pur și simplu. Afecțiune. Poate cineva, cândva, tradusese greșit cuvintele bătrânești. Poate sarcinile erau mlădioase, adaptându-se diferit în aventura fiecărui mag în parte. În orice caz, magul își simți puterea crescând, întinzându-se mai larg de jur împrejur.

Dumneasa așteptă până când domnița bău apa, până când dragonul și cavalerul apărură în lume. Apoi se întoarse să plece.

It was over.

"Wait," the knight said. "Don't go," the dragon added. "Join us on our next adventure," the princess urged.

"But," the mage finally said, "I've deceived you."

"Is it deceit, though," the dragon said, "if you've been *yourself* all this time?"

The swordmage realized that, indeed, they'd been quiet and wary, but not once had something they couldn't give been demanded of them.

"We *are* friends, aren't we?" the princess asked.

The knight held out the sheath.

We are. The swordmage nodded, jumping toward comfort, the tome forgotten.

They didn't need it anymore.

Timpul lor împreună se terminase.

– Stai așa, zise cavalerul.

– Nu pleca, adăugă dragonul.

– Alătură-ni-te în aventura următoare, îndemnă domnița.

– Dar, spuse magul într-un final, v-am înșelat.

– Este chiar înșelăciune, zise dragonul, dacă ai fost tu *însuți* tot timpul?

Sabia-mag își dădu seama atunci că, într-adevăr, prezența sa a fost tăcută și grijulie, dar niciodată nu i s-a cerut ceva ce nu a putut da.

– *Suntem* prieteni, nu-i așa? întrebă domnița.

Cavalerul întinse teaca.

Așa e. Sabia-mag încuviință și sări înspre confort, uitând cu totul de tom.

Nu mai avea nevoie de el.

Cast of Characters

Pronouns: they/them/theirs
Likes:
Others not butting into their business.
Dislikes:
Others butting into their business.
Defining personality trait:
Always finds ways to be mischievous but doesn't do anything that might hurt others.
Goal: To be free of societal pressure.
Favorite time of day:
Tea time, which is all the time, all the tea, all the time.

Pronouns: she/her/hers
Likes: Quiet times spent reading.
Dislikes: Uninvited dragons busting into her tower.
Defining personality trait:
Pretends to be grumpy but is actually a worrying softie.
Goal: To read everything she can get her hands on.
Favorite time of day:
Morning, as the sun shines softly through the leaves, when the coffee is hot and the world is quiet.

Pronouns: she/her/hers
Likes: The smell of new and old books.
Dislikes: Giving up before all options have been thoroughly explored. And mud on her boots.
Defining personality trait:
A warm and inviting presence.
Goal: To collect and record all the stories that haven't yet been made into books.
Favorite time of day:
The time right after lunch, when the forest is quiet and the wheels of her cart are the only sound around.

THE OCTOPUS
Caracatiţa

Pronouns: she/her/hers
Likes: Foodstuffs!
Dislikes: Meanness and conflict.
Defining personality trait:
Appears calm. Has a secret, sarcastic side, that she only shows glimpses of. Best to keep others on their toes!
Goal: To care for others, because everyone deserves at least one moment of kindness.
Favorite time of day:
When sleepiness catches up with everyone after a nice yummy meal.

THE STINGRAY
Pisica de Mare

Pronouns: they/them/theirs
Likes: The Sea Snake.
Dislikes: The Sea Snake.
Defining personality trait:
Loudmouth of the eternal smirk. There's no moment when the smirk is absent and no moment when they're able to keep quiet, which is more endearing than they think.
Goal: Poking (gently), especially the Sea Snake.
Favorite time of day:
When the sun shines just so from above, making spots of warmth on the seafloor.

THE FISHDRAGON
Dragonul-peşte

Pronouns: she/her/hers
Likes:
Smiles, kittens, books, and apple pie.
Dislikes:
Loud repetitive and unexpected noises.
Defining personality trait:
Always puts the needs of others before her own.
Goal:
To one day have her own garden.
Favorite time of day: Whenever the sun is shining the brightest and there's a place to lie and bask in the warmth.

THE SEA SNAKE
Şarpele de Mare

Pronouns: he/him/his / they/them/theirs
Likes: Water.
Dislikes: Not water.
Defining personality trait:
Is a smartypants that just can't get enough of teasing his friends. Within limits, of course, he doesn't want to hurt them. Manners matter!
Goal:
To have more than one best friend, because then they'd all be the best together and nobody should feel like they're less than the best!
Favorite time of day:
When the night is dark and deep and the stars shine from above.

THE DRAGON IN GOLD
Dragonul Auriu

Pronouns: ze/zir/zirs
Likes: Shiny, shiny things.
If they glitter, ze is interested.
Dislikes:
Talking zirself, though the opposite does not apply.
Defining personality trait:
A cuddly goof that seems aloof.
Goal:
A hug a day from friends who like hugs. Otherwise, a wing flutter is good, too. Just, friends. Having them around. All day.
Favorite time of day: Nom time.

THE MAGE
Magul

Pronouns: they/them/theirs
Likes: The smell of fresh ink on paper.
Dislikes: Assumptions.
Defining personality trait:
Appears to be grumpy and displeased. Actually is grumpy and displeased.
Goal: To unlock as much knowledge as possibly useful.
Favorite time of day: None. Days are evil. Night, on the other hand, means candlelight and reading and the universe opening itself to scrutiny.

THE PRINCESS IN GOLD
Domnița în Auriu

Pronouns: she/her/hers
Likes: Swords, the sharpness of blades, and their swishing through the air.
Dislikes:
Being told to smile—she will if she feels like it!
Defining personality trait:
The manifestation of a summer storm: quick and wild, but entirely amazing to have known.
Goal:
To master all sorts of sword mastery, but also secretly to bake the perfect cake.
Favorite time of day: Training time!

THE KNIGHT IN GOLD
Cavalerul în Auriu

Pronouns: he/him/his
Likes:
Cherry trees in bloom and the sharp air of spring.
Dislikes: Questions about his prosthetic leg.
Defining personality trait: Permeating tiredness and weariness. Needs more than one nap.
Goal: To lift the curse so he can finally take at least two naps per day. Doesn't dare wish for things too out of his reach.
Favorite time of day: Evening, right after the sun has set and the world settles in to sleep.

Pssst. Did you see me in the Dragon Realm?

We all have stories to tell. Visit AvaKellyFiction.com to prowl around and find mine.

"Ava Kelly's book of bilingual Romanian/English fairytales is both necessary and a delight. While queer writing is being suppressed in many countries of Eastern Europe, this volume offers comfort and consolation with queer-normative stories that reach back to the familiar themes of childhood, and provide renewed hope. Mages, princesses, and above all, dragons populate the world of Alia Terra, richly illustrated by Matthew Spencer. Characters go against expectations, and learn to live true to themselves: curses turn into blessings, flying creatures find a new beginning underwater, and even love acquires new meaning. From aromanticism to nonbinary gender, LGBTQIA+ themes in Alia Terra are always portrayed with a gentle kindness that we need in our lives, and an eager, resilient confidence. Read the stories and share them with your loved ones!" - Bogi Takács

Ava Kelly is a nonbinary speculative writer and engineer. Secretly a pile of cats in a trenchcoat, Ava's goal is to bring into the world more tales of friendship and compassion, dedicated to trope subversion, stories that give the void a voice. Romanian living in Norway, Ava is an avid explorer of culture and its reflection upon life and creativity, both in art and in tech design. Among their works are the award-winning novel *Havesskadi*, and the short story "A Sudden Displacement of Matter" part of the Lambda-nominated anthology *Trans-Galactic Bike Ride: Feminist Bicycle Science Fiction Stories of Transgender and Nonbinary Adventurers*. Find them at AvaKellyFiction.com or @ThunderEternal on Twitter.

Matt Spencer is a queer & trans illustrator from southeast Michigan. His work appears in *The Chromatic Fates Tarot*, Wyrmwood's *Corrupted Tarot*, and *Unfettered Hexes: Queer Tales of Insatiable Darkness* (an anthology for which he also illustrated an oracle deck). When not creating artwork for freelance clients or collaborative tarot decks, Matt spends his time playing (or drawing) Dungeons & Dragons characters, and making slow but steady progress on his own *Courtly Beasts Tarot*. Matt adores any excuse to combine his deep love for watercolor with the inspiration he draws from history, folklore, and nature (especially when queer characters are involved). Find him at mspencerillustration.com or @mspencerdraws on Twitter.

www.ingramcontent.com/pod-product-compliance
Lightning Source LLC
Chambersburg PA
CBHW041425300726
48981CB00008B/408